Ich lese
selber

Wolfram Hänel

Ein Hund kommt nicht ins Haus!

Eine nicht alltägliche Hundegeschichte

mit Jllustrationen von Uli Waas

Nord-Süd Verlag

Rechtschreibung nach den neuen Regeln

Lektorat Jürgen Lassig

Umschlagillustrationen: Uli Waas
Lithographie: Die Repro, Tamm
Gesetzt in der AG Schulbuch, 16 Punkt
Druck: Proost N. V., Turnhout
ISBN 3 314 00976 3

Besuchen Sie uns im Internet: www.nord-sued.com

Die Deutsche Bibliothek – CIP-Einheitsaufnahme

Ein Hund kommt nicht ins Haus! : Eine Hundegeschichte. /
illustriert von Uli Waas. Erzählt von Wolfram Hänel.
Gossau, Zürich ; Hamburg :
Nord-Süd-Verl. (Ich lese selber) - 2001
ISBN 3 314 00976 3

„Jch will einen Hund", sagt Julia
am Montag Morgen beim Frühstück.
„Das heißt: Jch möchte einen Hund",
sagt Julias Mutter. „Oder: Jch hätte
gern einen Hund."
Und ihr Vater sagt: „Ein Hund kommt
nicht ins Haus! Ein Hund macht viel
Lärm und viel Dreck und kostet
außerdem viel Geld."

„Jch will aber trotzdem einen“, sagt Julia und schiebt ihre Müslischüssel beiseite. „Jch will einen Hund, ich will einen Hund, ich will einen Hund!“
Julias Vater faltet die Zeitung zusammen. Er gibt erst Julias Mutter einen Kuss und dann Julia, und dann geht er zur Arbeit.

Julias Mutter fängt an, Geschirr in die Spülmaschine zu räumen. Mist, denkt Julia, das war ja wohl nichts. Aber ich gebe nicht auf. Morgen versuche ich es gleich noch mal. Jch will einen Hund, ich will einen Hund, ich will einen Hund!

Dann klingelt Marei,
und Julia muss zur Schule.

So geht es fast die ganze Woche.
Morgens beim Frühstück
erklärt Julia jedesmal:
„Jch will einen Hund."
Und beim Abendessen das Gleiche:
„Jch will einen Hund."
Am Donnerstag droht sie sogar:
„Wenn ich nicht endlich einen Hund
kriege, halte ich einfach die Luft an."

Aber Julias Vater verdreht nur
die Augen und sagt zu Julias Mutter:
„Deine Tochter hat wieder mal ihre
schlimmen fünf Minuten." Und rührt
weiter im Kochtopf.
„Und ich weiß auch, von wem sie
das hat, mein lieber Albert",
sagt Julias Mutter und zwinkert
ihrem Mann zu.

Dann ist Freitag.
Freitags arbeitet Julias Vater oft länger. Meistens wartet Julia auf ihn, aber heute ist sie so müde, dass sie schon um acht ins Bett geht.
Julias Vater steigt also gerade an der Endstation aus dem Bus. Und wie jeden Freitag nimmt er die Abkürzung durch die Kleingärten.

H

Eigentlich ist also alles wie immer.
Aber plötzlich hat Julias Vater
das Gefühl, dass ihm jemand folgt.
Er dreht sich um. Da ist niemand.
Nur hohe Hecken.

Julias Vater geht weiter.
Wieder hört er ein Geräusch.
Er biegt um die nächste Ecke
und versteckt sich.
Ganz langsam zählt er bis zehn.

Dann springt er mit einem Schrei
wieder mitten auf den Weg!
Und steht genau vor einem kleinen
Hund, der den Kopf schräg hält und
ihn verwundert ansieht.

„Aha, ein Hund“, sagt Julias Vater erleichtert und holt tief Luft. „Hau ab, zieh Leine“, sagt er dann und will weitergehen, aber der Hund springt schwanzwedelnd hinter ihm her.

Jetzt entdeckt Julias Vater am Halsband des Hundes einen Zettel. Er seufzt, stellt seine Aktentasche ab und faltet den Zettel auseinander. *„Jn gute Hände abzugeben!“*, steht da.
Empört liest Julias Vater weiter:
„Wir haben ihn furchtbar lieb, und er heißt KONRAD. Aber wir müssen ihn trotzdem abgeben. Konrad macht viel Lärm und viel Dreck, und außerdem kostet er auch noch viel Geld.“

„Sag ich doch“, sagt Julias Vater.
Aber im nächsten Moment schlägt er sich mit der flachen Hand vor den Kopf und ruft: „Au backe, jetzt aber nichts wie weg hier!“
Julias Vater nimmt die Aktentasche und rennt los. Der Hund rennt laut bellend hinter ihm her.

Julias Vater versucht alle Tricks,
die er kennt.
Er springt über ein Gartentor.
Konrad springt hinterher.

Julias Vater kriecht durch eine Hecke.
Konrad kriecht hinterher.
Als sie am Kinderspielplatz vorbeikommen, steigt Julias Vater sogar auf das Klettergerüst.
Konrad setzt sich hin und wartet, bis es Julias Vater zu dumm wird und er wieder runterklettert.

Jetzt tut Julias Vater einfach so, als gäbe es den Hund gar nicht. Aber das stört Konrad nicht, er rennt trotzdem weiter hinter Julias Vater her.

Am Supermarkt kommt ihnen ein Radfahrer entgegen. „Hunde gehören an die Leine, alles andere ist verboten!“, schimpft der sofort los. „Aber es ist doch gar nicht mein ...“, will Julias Vater erklären, da ist der Radfahrer schon wieder laut schimpfend verschwunden.

„Jetzt reicht’s mir aber“, sagt Julias Vater zu sich selber. „Jetzt brauche ich erst mal ein Bier.“

Als er vor der kleinen Kneipe an der Ecke steht, weiß er plötzlich, was er machen muss. Er hebt einen Kieselstein auf, lässt Konrad daran schnuppern und wirft den Stein weit weg ins Gebüsch.

Natürlich rast Konrad hinterher. Und Julias Vater marschiert in aller Ruhe in die Kneipe und bestellt ein Bier.

Gerade als er sich zufrieden über die Lippen lecken will, geht die Tür auf, und ein neuer Gast kommt herein.

Hinter dem neuen Gast drängt sich Konrad durch die Tür, rennt quer durch die Kneipe und bleibt schwanzwedelnd vor Julias Vater stehen.

Ein paar Männer fangen an zu lachen. Und einer ruft zu Julias Vater hinüber:
„Na, wie heißt dein Fifi denn?"
„Es ist nicht meiner, verstehen Sie?", sagt Julias Vater.
„Haha", sagt der Kerl, „du machst wohl Witze, was?"
Und als Julias Vater keine Antwort gibt, steht er auf und kommt auf ihn zu.
„Na Hundchen", sagt er dann.
„Wie heißt du denn?" Der Mann kommt immer näher, bückt sich und will die Hand ausstrecken.

Da dreht sich der kleine Hund um
und fängt an zu knurren.
Verblüfft springt der Kerl zurück.

Ohne zu überlegen sagt Julias Vater zu Konrad: „Ganz ruhig. Sitz."
Und Konrad setzt sich.

„Platz", sagt Julias Vater, und Konrad legt sich auf den Boden.
Aber er lässt den Kerl keine Sekunde aus den Augen.

„Bravo!“, ruft der Wirt. „Einen tollen Hund haben Sie da.“
„Stimmt“, sagt jetzt auch der Kerl, „war ja auch nicht böse gemeint.“
Dann ruft Julias Vater: „Komm!“, und marschiert mit Konrad zur Tür hinaus, als wäre es die natürlichste Sache der Welt.
„Bei Fuß“, sagt er, und Konrad läuft schwanzwedelnd neben ihm her.

Julias Vater fühlt sich richtig gut. Aber als sie dann zu Hause sind, denkt er plötzlich: Das kann ich nicht machen. Und außerdem will ich ja auch gar keinen Hund. Ein Hund macht nämlich viel Lärm und viel Dreck. Und viel Geld kostet er auch. Laut sagt er zu dem kleinen Hund: „Gleich morgen früh bringe ich dich ins Tierheim. Und heute Nacht kommst du in den Keller."

Julias Vater sperrt Konrad in den Keller und rennt schnell die Treppe wieder hoch, damit er es nicht hört, falls der Hund jetzt anfängt zu jammern.

Als Julias Vater ins Wohnzimmer kommt, fragt Julias Mutter:
„Wo warst du denn? Jch habe schon gewartet!“
„Jch? Äh … ja, also …“ Und dann versucht er ihr alles zu erklären. Aber sie glaubt ihm kein Wort. Und als er erzählt, wie er auf dem Klettergerüst gehockt hat, fragt sie ihn: „Albert, hast du Fieber?“

Da steht Julias Vater auf und nimmt Julias Mutter mit in den Keller. Er zeigt ihr den kleinen Hund und was Konrad alles kann:
„Sitz“ und „Platz“ und „Komm“.
„Er kann natürlich nicht hier bleiben“, sagt er zum Schluss.
„Natürlich nicht“, sagt Julias Mutter.
„Morgen bringe ich ihn ins Tierheim“, erklärt Julias Vater.
„Das wird wohl das Beste sein“, meint auch Julias Mutter.
Sie holt einen alte Decke und eine Schüssel mit Wasser für den Hund.

Sie machen eine Dose Würstchen warm. Die essen sie dann zu dritt. Jm Keller! Julias Eltern mit ein bisschen Senf dazu, und Konrad mit Tomatenketchup.

Als Julias Eltern endlich im Bett liegen, sind sie hundemüde.
Aber sie können trotzdem nicht schlafen. Alle paar Minuten schreckt einer von ihnen wieder hoch.
„Hat er nicht eben gejault?“, fragt Julias Mutter.
„Ach wo“, sagt Julias Vater.

Jm nächsten Moment sitzt er selber kerzengerade im Bett und behauptet: „Jch höre ihn bellen!“

„Unsinn“, sagt Julias Mutter.

Und dann hat Julias Vater einen Albtraum. Er träumt, dass er im Tierheim ist. Aber nicht als Besucher. Er ist eingesperrt. Jn einem Käfig. Hinter Gittern.

Um Julias Vater herum sind lauter kläffende, knurrende, winselnde Hunde, die an den Gitterstäben hochspringen.
Jetzt kommen ein paar Leute und zeigen mit dem Finger auf ihn.
„Der ist bestimmt gefährlich“, sagt ein Mann.
„Der beißt“, nickt seine Frau.
Und ein kleines Mädchen ruft: „Den will ich nicht, der sieht doof aus!“

Schweißgebadet wacht Julias Vater auf. Alles ist gut, er ist zu Hause in seinem eigenen Bett! Aber wie mag sich der kleine Hund wohl fühlen, ganz alleine da unten im Keller? Auf Zehenspitzen schleicht er die Treppe hinunter, nimmt Konrad vorsichtig auf den Arm und trägt ihn nach oben, streichelt ihn noch ein bisschen und legt ihn ans Fußende. „Schön warm“, seufzt Julias Mutter und streckt zufrieden die Füße aus.

Am nächsten Morgen schlafen sie
alle ziemlich lange, Julias Vater,
Julias Mutter und der Hund.
Als Julias Eltern dann endlich
in die Küche kommen, hat Julia
schon längst den Tisch gedeckt.

„Wisst ihr was?“, begrüßt Julia ihre Eltern. „Jch glaube, unsere Nachbarn haben sich einen Hund gekauft. Jch habe ihn jedenfalls schon ein paar Mal bellen gehört. Und wisst ihr noch was?“, fragt sie dann. „Jch glaube, ich will gar keinen Hund mehr. Jch will lieber ein Pony. Oder eine Katze.“
„Äh“, sagt Julias Vater, „also ...“
Jm selben Moment geht die Tür auf und Konrad kommt herein!
Schwanzwedelnd rennt er zu Julia.

„Er heißt Konrad", erklärt Julias Vater.
„Macht nichts", sagt Julia. „Ach ja,
eh ich es vergesse: Jch glaube
übrigens doch, dass ich
einen Hund will!"

Über den Autor

Wolfram Hänel wurde 1956 in Fulda geboren und wäre fast Lehrer für Deutsch und Englisch geworden. Aber dann hat er im Theater und später in einer Werbeagentur gearbeitet. Danach wollte er nicht mehr Lehrer werden, sondern fing an Theaterstücke und Geschichten für Kinder zu schreiben.
Wolfram Hänel wohnt mit seiner Frau und seiner Tochter Hilkje, dem Bordercollie Abby, dem Pferd Nina und dem Fohlen Daydream meistens in Hannover.

Über die Jllustratorin

Uli Waas wurde 1949 in Donauwörth geboren. Sie studierte Malerei und Graphik an der Akademie der Bildenden Künste in München. Seither zeichnet und malt sie für Kinder: am liebsten mit Pastell- und Wasserfarben und möglichst Geschichten, in denen Kinder und Tiere vorkommen.
Uli Waas hat eine Tochter und einen Sohn und lebt mit ihrer Familie am Rande der Schwäbischen Alb.
Jm Nord-Süd Verlag sind von Uli Waas in der Reihe „Jch lese selber“ auch andere Bücher lieferbar. Welche, das kannst du auf der nächsten Seite lesen.

Kinder lernen Lesen:
durch Selberlesen!

In der Reihe **Ich lese selber** erscheinen im Nord-Süd Verlag Bücher für Kinder, die mit dem Selberlesen anfangen.

Diese Bücher sollen Freude bereiten und den Spaß und die Lust am Lesen fördern. Sie wollen neugierig machen, Anreiz bieten, die vielfältigen, unterschiedlichen Interessen der Kinder berücksichtigen.

Diese Reihe schlägt eine Brücke vom Bilderbuch zum Kinderbuch:

• Der im Verhältnis zum Text sehr hohe Anteil an **farbigen Illustrationen** erleichtert Leseanfängern den Einstieg in die Geschichten.

• Durch **Gestaltung, Format** und nicht zuletzt durch die Wahl der **Themen** führt die Reihe zum Kinderbuch hin.

• **Lesehilfen** sind dabei:
einfache **Sprache** und Wortwahl, Einteilung jeder Geschichte in **Kapitel** oder andere für Leseneulinge leicht überschaubare **Textgliederungen**, große **Schrift**, sinnvoller **Zeilen- und Seitenumbruch** und eine den Einstieg ins Lesen erleichternde **Text-Bild-Anordnung.**

Nord-Süd Verlag